全是

QUAN YUXI
LOVE

爱

全禹羲 著

团结出版社

·北京·

© 团结出版社，2025 年

图书在版编目（ＣＩＰ）数据

全是爱 / 全禹羲著 . —北京：团结出版社，2025.
6.

ISBN 978-7-5234-1634-1

Ⅰ . I267.1

中国国家版本馆 CIP 数据核字第 2025B4A272 号

责任编辑：张　阳
特约编辑：陈锦华
封面设计：阳洪燕

出　　　版：团结出版社
　　　　　　（北京市东城区东皇城根南街 84 号 邮编：100006）
电　　话：（010）65228880 65244790（出版社）
　　　　　　（010）65238766 85113874 65133603（发行部）
　　　　　　（010）65133603（邮购）
网　　址：http://www.tjpress.com
电子邮箱：zb65244790@vip.163.com
经　　销：全国新华书店
印　　装：三河市东方印刷有限公司

开　　本：140mm×190mm　32 开
印　　张：5.875　　　　　　　字　　数：86 千字
版　　次：2025 年 6 月 第 1 版　　印　　次：2025 年 6 月 第 1 次印刷

书　　号：978-7-5234-1634-1
定　　价：58.00 元
　　　　　　（版权所属，盗版必究）

献给我亲爱的妈妈金女士

序

近些年，我在与年轻同志交流时，经常会被问到，人该如何过好一生？这个永恒的问题无法作满分回答，因为人生如字，篆体修长，隶书形扁，楷则方正，各具风骨，无须刻意照抄照搬，却可以借鉴。

禹羲的书稿恰似一方墨砚，足以激起灵感涟漪，既沉淀着个人生命的墨香，又映照着时代奔涌的潮声。书中内容兼顾禹羲内心世界与外部世界，将人生百味研磨成章，既有读书治学、成家立业的个体叙事，更蕴含着对时代浪潮的感知洞察。透过"德与得"的淬炼、"诚与成"的坚守、"闯与创"的突破，我们得以窥见一代人精神成长的年轮。

与禹羲的相识缘于与其家族的早年连接，见证这位出生在吉林延边的朝鲜族姑娘如竹拔节般的成长轨迹，其人生图谱三重底色让我印象深刻：

其一是奋斗者的韧劲。禹羲兼具北方的持重和南方的锐气。深圳，这座改革开放前沿的青春之城，更是赋予了她破茧成蝶的勇气和可为人先的创业沃土。求学夙兴夜寐穿梭京港澳和伦敦四地，创业常伴子夜航班的星光赶赴商约。即使面对突发新冠肺炎疫情下，仍然从容坚定，笔耕不辍。这般"做一件成一件"的务实与坚持，恰是新时代奋斗者最生动的注脚。

其二是奉献者的襟怀。身为民革党员、政协委员，禹羲热爱祖国，围绕中心，服务大局，积极参政议政。作为女性儒商，禹羲热心公益，多年如一日践行社会责任，持续资助云贵川山区留守儿童，积极组织妇联开展关爱女性群体的公益活动，疫情期间带领团队坚守社区抗疫一线。作为法律工作者，不忘为有需要的社会群众发声，付出宝贵的时间和有限的精力，不图名与利。作为女儿、妻子、母亲，则用爱与牺牲承载了家的期望。这份"大家""小家"间的平衡艺术，映照出当代女性特有的智慧与生命张力。

其三为记录者的执着。禹羲的文字简洁、直接、细腻且富有力量，像海绵吸水一样浸润了生活的美。既记录着改革开放铿锵足音，也留存了城市街巷间的烟火人情，像朝鲜族阿妈妮手织的麻布——经纬间藏着掌心的温度，粗粝处反显生命的气象。这些带着油墨香与生活气的文字，打开的不仅仅是一个人的故事，更是时代发展的珍贵切片。

　　知所来，识所在，明将往。人生若是有四季，这本书稿真切记录了禹羲人生春华时节的草木生长，在此也祝愿禹羲在人生即将步入秋实岁月时，继续坚持奋斗、奉献与记录，迎接更多似锦繁花的盛开！愿读者翻开此书时，不仅能遇见文字的温度，更能触摸到一颗始终鲜活的心——那是对真善美最本真的信仰，是她交给岁月的答案，是对人间最深情的告白。

　　祝禹羲新书付梓！

　　是为序。

修福金

2025 年 3 月

目录

旧欢多少事

你来人间一趟

你要看看太阳

和你的心上人

一起走在街上

——*海子《夏天的太阳》*

"幸福的人用童年治愈一生，不幸的人用一生治愈童年。"奥地利心理学家阿德勒的这段话，一度成为这些年的网络名言。

而我在半生的奋斗中，真实地被治愈着，这些细碎的温暖，成了旅途中随时可以停留的休息区。

　　童年，就像一条活泼欢快的小溪，一去不复返。

　　那时候的故事，也仿佛被时光分裂成一片片璀璨的星辰，闪烁在记忆的夜空。很多时候，我会在恍惚中，一次次地回到故乡，回到那些生命起始点时刻，那是我此生幸福的源头。

　　我出生在中俄朝三国交界的地方——吉林省延边朝鲜族自治州，这片河流众多气候温润的土地，大多数国人大概是既熟悉又陌生。

虽然我们是朝鲜族家庭，但我的童年与 20 世纪 70 年代的孩子并无二致，父母是常年忙于工作的"双职工"，我在六岁之前，都是和爷爷奶奶一起生活的。父母对我要求很严格，但有了爷爷奶奶隔辈亲的疼爱，让我的童年回忆里充满了欢笑和喜悦，更有一些让人忍俊不禁的小故事。

下午 5 点的冰棍

我的奶奶是一个典型的朝鲜族妇女，她勤劳善良、端庄得体。作为家里年纪最长的孙女，我受到了她和爷爷的特别

宠爱，加上父母常年不在身边，让我养成了顽皮的性格，像一个小男孩一样爬树、掏鸟蛋、爬屋顶，还和小伙伴们钻防空洞探险，去水库尽情玩水，冬天奋力打雪仗。

记得奶奶家附近有个冰棍厂，那时候每天下午5点钟，我和一群小朋友就像勤劳的小蜜蜂一样，准时在工厂围墙下等着叔叔阿姨们的"投喂"。

因为工厂的工人们会将当天的次品冰棍，免费分发给附近的小孩子吃。我们一起吃着免费的冰棍，一起嬉戏打闹，那种童年的简单快乐，现在是再难寻得了。

留短发的"假小子"

小时候，我原本留着一头长发，有一天妈妈出差了，爸爸在家带我。他先哄着我去商店买了一双新皮鞋，然后带我去理发店剪头发，我的一头长发就这样被剪掉了，我成了一个短发的"小男孩"。

爸爸的理由是长发会影响我的头脑发育，长大后再留长，现阶段最重要的是好好学习。可能他还有点"头发长见识短"

的旧观念，所以才为女儿做出这样的决定。妈妈出差回来后，看到我这个假小子不敢认了，随即和老爸大吵一架。在我印象中，老爸老妈很少吵架，这是唯一吵得比较严重的一次。

从那以后一直到大学，我的头发再也没有长长过。因为短发实在是太方便了，不用花时间扎头发，洗头也很方便，特别是跑步后一身汗，短发的确节省了很多时间。

金库里睡觉的丫头

小时候，我是个不折不扣的淘气包，给家里带来了不少欢乐。有一次，我下午放学后到妈妈工作的银行等她下班。妈妈忙着工作，顾不上照看我，叮嘱我就在附近玩别跑远。谁知，等到她下班时，我却不见踪影，这可把妈妈急坏了，差点就报警了。

后来，妈妈的一个同事在银行的金库里发现了我。说我当时玩累了，在一堆钱上睡着了。

姥姥打趣说，这孩子在金库都能睡着，以后肯定不缺钱用。每当聊起我的童年，老一辈总要提起这件欢乐事，我自己反倒没什么印象。

"难分"的姐妹

我有个比我小四岁的亲爱妹妹，记得上小学时，她个子和我差不多，模样却和我如出一辙，导致我们走在一起时，旁人总是一脸懵圈。因为个子矮，总是被安排在前两排就座。而妹妹放学后，总喜欢到我班里后排坐着，等我一起回家。每次我俩一起走路，路人都得先挠挠头，想清楚到底哪个是姐姐哪个是妹妹。

有一次，妹妹跑到我班上，说要帮我教训一个欺负我的男生，她撸起袖子，一副摩拳擦掌要开干的架势，吓得那个男生拔腿就跑。

后来，每当妹妹来找我，同学们都会高声嚷嚷："你姐来找你了！"而我则笑而不语，拉着妹妹的手撒腿就跑，留下身后一串串哈哈哈的笑声。

久而久之，同学们都知道我背后有个"姐姐"默默保护我，我因此在班上"横行霸道"，跟有个"护身符"一样。男同学们再也不敢欺负我，反而一个个跟着我屁股后面玩耍。那时候的我就像个小霸王，带着一帮"小弟"到处玩，想想都觉得威风八面呢！

"发疯"二三事

那段日子，我还带着一帮"小弟"走街串巷，嬉笑打闹，还经常聚在家里"打啪叽"——曾是男孩子童年最乐此不疲的一款游戏。

有一天，爸爸回到家里，推开门一看，我那小小的房间，居然挤满近10个人，而且大多数还是男孩子，同学们看到面色不善的爸爸，马上作鸟兽散。

老爸气疯了，打也不是，骂也不是，最后给我布置了很多功课，写日记、练字体等，没有完成，就不能玩耍。我虽贪玩，但在父亲的威严下，还是得乖乖地听话照做。

但安静不了几天，我又跑出去跟男孩子撒野了。和小伙伴们到防空洞探险（东北抗战时留下很多防空洞），组队"打仗"，用手做枪，假装扔空气手榴弹，嘴巴还模拟枪声、炮弹声和轰炸声，大家分别隐藏在防空洞的各个角落里，还真有点"地道战"的味儿。

不但如此，我们还学着挖地道，用木棍，甚至用手来挖洞，玩泥巴。东北的大冬天，天寒地冻，在外面玩，手经常

皲裂。我们课间玩耍，上课铃响了也不着急，还在外面玩着，被校长发现了。

　　那次，父亲让我早点回家，他放了一盆热水，让我的手伸进去，我知道校长跟父亲告状了。父亲没有打我，他只是说我不能像个男孩子，把自己的手搞得那么脏。

　　父亲很少说我，但那次的话让我印象深刻。皲裂的小手在伸入热水的瞬间，刺骨疼痛，但不一会儿，一股暖流流入，温暖了身心。

朝鲜族女孩的儿童节

在无忧无虑的童年里，我总是期待着每一个"六一"儿童节的到来，因为那意味着我们可以穿上漂亮的衣服，唱着欢快的歌曲，跳着欢快的舞蹈，一起享受属于我们孩子的快乐时光。

有一年儿童节，我与同学们穿着漂亮的朝鲜族服装，踩着舞蹈鞋，在学校的操场上表演了一段朝鲜族舞蹈。

我还记得配乐是《金达莱》，伴随着传统音乐的节奏，我们以轻盈、优美的舞姿，欢快地尽情地舞动着，仿佛已经忘记了所有的烦恼和忧虑，只深深感受到了舞蹈带给我的快乐和自由。

除了表演舞蹈外，我还参加了学校的朗诵比赛。虽然我的个子不高，但却有着一张充满自信和阳光的脸庞。

在台上，我朗诵了一首诗歌，那激昂的诗句和欢快的节奏，让我感到无比的自豪和快乐。记得后面还有电视台记者来采访，我被推选为代表，表达了我们的欢乐心情。

在这个特别的日子里，我们还可以吃到各种朝鲜族的

传统美食和小吃。有打糕、米糕、米肠、烤鱼片，还有跳跳糖、麦芽糖、泡泡糖等各种糖果，让我们一个个都变成了小馋猫。而在班级里，老师也会为我们准备各种有趣的游戏和活动，让我们尽情地玩耍和嬉戏。

更令人惊喜的是极具仪式感的家人。爷爷奶奶会给我们准备一套漂亮的衣服和一双崭新的舞蹈鞋；我的姑姑、婶婶、大姨等亲戚也会来串门，给我和妹妹买了很多礼物，有零食、玩具或是衣服、书籍，新书包等，在那个物质匮乏年代，这已经是非常奢侈的礼物了。

　　所以对于我们小孩子，过儿童节比春节还要高兴，因为那是只属于我们的节日。时光流淌成一首感人肺腑的诗篇，那些曾经一起玩耍的小伙伴们，如今已经各奔东西。而那份童年的美好记忆，却永远镌刻在心底，如同一束明亮的星光，照亮我们前行的道路。

醒来忘却桃源路

我来了，身上还沾着露滴，

经小风吹拂，在额上结成了冰珠。

请允许我在你脚边歇一歇倦意。

让梦中美好的瞬间把倦意安抚。

　　　　——《绿》法国 魏尔伦

最美好的青春，我掉进了书的大海里。

那时候，我总是独自躲在角落里，手里紧紧抓着一本书，就像饥饿的人抓住食物一样。我阅览了中国的四大名著，大快朵颐着金庸、岑凯伦、琼瑶等作家的精彩故事，还尝试着探索国外的经典名著，一扇通向新世界的大门次第打开，那里光怪陆离，令人忘返。

每个周末，我都会跑到新华书店或是公共图书馆，一头栽进书海里，一待就是整个下午，让青春的时光在各种幻境中激荡。

沉醉在阅读的年代

20 世纪八九十年代的书是很珍贵的，通常都要拿报纸在新书上包上一层书皮。我自作聪明，把小说的书皮封面写上——英语。

刚开始，老妈金女士看到我在看英语书，觉得这好孩子真是在努力学习，心中甚是欣慰。但后来，她发现这个"英语书狂人"一看就是几个小时，就感觉不对劲了，立马戳穿了我的小心思。结果呢，我房间里的所有小说都被没收了，还被上了一节长长的思想政治课。

我的叛逆期大概是从初中开始的。不让我看小说？我还偏要看！于是，我又换了种方法。在家的时候，手边定要多放几本书，一旦老妈查岗，立马将手中的小说换成历史或其他学科书，并提前准备好了一套说辞。

聪明如我，好几次都逃过了老妈的法眼。如果之前有监控，把我那一本正经与得意的表情拍下来，你们定会笑到肚子痛。还有那些疯狂的夜晚，为了躲避父母的检查，我 10 点钟准时关灯，让他们以为我准时睡觉了。其实我是拿着手电筒在被窝里面看小说。这样的后果是，我的眼镜越来越厚。这也让我明白了一个道理，所有的事情都是有代价的，或早或晚。

书籍成了我中学时代最好的朋友，它们让我远离了喧闹的现实世界，让我在自己的世界里找到了宁静。我沉醉在书的世界里，体验着各种各样的人生和情感。阅读让我明白了许多事情，也让我更加了解这个多彩的世界。

被迫夭折的"作家梦"

我心中燃着一团火，那是我初中时代开始的作家梦！金庸的江湖恩怨、琼瑶的缠绵爱情，这些引人入胜的文字像种子一样，深深地扎根在我的心底，催生出我对文学的热爱和神往。

我沉迷在阅读中无法自拔，满脑子都是自己写小说的激情和冲动。

记得那些午后，阳光洒在作文纸上，我一边构思着故事的情节，一边勤奋地码字。我手上的笔仿佛有着魔力，字句如同泉水般流淌出来。

我与同学们分享我的作品，甚至和其他几个志同道合的朋友一起，共同创作出精彩的故事篇章。那是我心中的江湖，那是我心中的爱情，那是我心中的文学世界。

然而，由于我把所有的心思都放在了写作和阅读上，那个学期我的学习成绩一落千丈，从班级的优等生跌落到了中等水平。

就在我以为我能以写作为生、以文字为伴的时候，寒假里的一场意外将我拉回了现实。

那是一个寒冷的冬日，母亲发现了我写的小说。我那心血的结晶，一万多字的"处女作"，被她毫不留情地扔进了火炉里。

那一刻，我的梦想似乎也随着那本小说的灰烬一同消散。从那以后，母亲开始严格控制我的写作行为，我的作家梦就这样被扼杀在了摇篮里。

虽然我并没有成为一名作家，但那个梦想的火种始终在我心中燃烧。

即使在忙碌的工作和学习中，我也会找到时间在闲暇时刻写一些小故事或者散文，以此来表达自己的情感和思考，写作带给我的快乐和满足感是由始至终的。

同年同月生的南方"笔友"

中学那会儿，我有一段时间超级迷《少男少女》杂志，这本专为青少年量身定做的杂志，像个彩虹魔法通道，把我带进了充满青春躁动的世界。其中，我最爱的就是那些一个个描述笔友故事的小专栏，它们像一面面镜子，让我窥见了那个时代的青春图景。

在"文学社交流"平台上，我结识了一位来自广东顺德的笔友，巧的是我与笔友还是同年同月生人。笔友与我分享生活琐事，谈论青春梦想，字里行间弥漫着南方特有的细腻与温馨。我们相互倾听，彼此诉说，成了无话不谈的好朋友。

那是个慢悠悠的年代，邮件慢慢地寄出，等待回信的感觉就像一次次的旅行，充满了期待和幸福。每封信里，那轻轻的一张纸，却能牵动我们的心。

笔友曾用文字为我描绘出一个如诗如画的南方世界——那轻柔的微风、明媚的阳光、四季盛开的鲜花以及那些令人垂涎三尺的精美点心和美食。这些细节都让我对南方的生活充满了向往和憧憬。

笔友详细地向这个东北边陲的姑娘描述南方美食，那些令人垂涎的佳肴仿佛就在唇齿之间。白切鸡鲜嫩的肉质、烧鹅香脆的皮、双皮奶的滑嫩口感和鸡仔饼独特的香味，让我不由食欲大增的同时，更加增添了我对陌生的南方世界的热情与向往。

　　而顺德笔友对我描述的北方雪景，朝鲜族的传统文化、美食也充满了兴趣，更羡慕我可以在大雪纷飞的洁白世界自由徜徉。我们约定，有机会一定要去对方的城市看看，尝尝不同的美食。虽然这个约定最后没有实现，我和这个女孩也失去了联系，但这段美好的友谊，让我在那段青涩的时光中，收获了很多快乐与感动。

病房里的第一封"情书"

中学时的一天，我突然肚子不舒服，到医院检查出急性阑尾炎，别人可能觉得这是一件特别难受的事，我只记得当时特别高兴，因为可以不用上学了。

住院的日子，却成为整个学生时代最难忘的时光，因为那一年，我收到人生第一封情书。

还记得那天天气很好，阳光明媚，手术后第一次下地，慢慢地走出病房。突然一个男孩走过，跟我撞了个满怀。"你没事吧？"男孩急切地问道。"没事。""不好意思啊，我急着去看我妈妈，你知道 XX 病房怎么走吗？"我告诉他就在旁边，他说了句谢谢就跑了。

等我散步回来，又在走廊里遇见他，他微微一笑，特别阳光的样子，大概是看过妈妈后心情放松下来了。之后的日子，每天都会遇到这个叫斌的大男孩，因为当时我小姨也在住院，斌的妈妈刚好和小姨在同一个病房，又在我隔壁房间。

住院的日子无聊又好玩，每当我打完吊针，就跑到小姨的病房跟她聊天，帮她看针水。小姨也会跟斌的妈妈家长里短地唠嗑，每每聊到我时，总是夸我聪明智慧，学习很好，他妈妈就有点喜欢我，每天都是笑嘻嘻地看着我。然后，他可能受影响，也对我产生了好感。

　　我现在回想，那会儿真像个傻子。可能他情窦初开，刚好遇到我这个泼皮，然后就上当了，哈哈。只记得我出院那天，斌傻傻地在我的病床上留了一封信，跟我表白，我拒绝了他。

　　后来，只记得他说过一句特别经典的话："我们还没开始，就结束了。"

　　一个情窦初开的中学男生，鼓起勇气写了一封情书，却被拒绝了，现在想想蛮好笑的。那时的我虽然不懂什么爱情，但也看过许多言情小说的，收到第一封情书，自然是开心的，喜上眉梢，那是一种从心底涌现的喜悦，被异性喜欢的喜悦。少年撩拨了少女的心弦，留下了青春萌动的印记。

　　当然，我现在已不记得那个隔壁学校男生的样子，只记得他告诉我他的名字是"文武双全"。

其实我是江湖"女魔头"

写到这里，你大约以为中学时期的我是个孱弱、甚至多愁善感的文学女青少年吧。

彼时，有一个特别让人讨厌的男同学，所有女同学都对他深恶痛绝。原因无他，这个男同学总是喜欢搞恶作剧，那时候还没有校园霸凌一说。在北方的冬天，气温常常零下几十度，异常寒冷，而这个男同学却喜欢暗地里把雪放在女同学的椅子坐垫下，让大家敢怒不敢言。

有一次，他实在惹毛我了。一个女同学刚好处于生理期，结果男同学重复了他的恶作剧，导致雪融化后浸湿了她的裤子，让她痛苦不堪。

我得知此事后，为了维护女同学的权益，决定化身为一身正气的江湖大侠，我义正词严地与那个男同学理论。然而，理论并未让他认识到自己的错误，反而演变成了一场激烈的冲突。

于是乎我们两个大打出手，这场战斗在学校里"一战成名"，而我从此也得到了一个外号——"女魔头"。这个外号从此跟随着我，成为我在学校的独特标识。

"风华"落幕 "禹羲"开启

妈妈生我之前遇到过四次险情，冬天骑自行车摔倒、看排球比赛被砸中肚子、擦玻璃从凳子上摔下来、生产二十多个小时无法产出。

可能是因为我的来之不易，爸爸便一直把重心放在照顾妈妈与宝宝身上，像是忘记了给我取名字的事。

他们总想我是第一个孩子，要起个很好的名字，所以就一直拖着。直到要去上户口了，爸爸还没有想好我的名字。

户籍工作人员一再催促爸妈去给我上户口时，我爸在去派出所的路上，看到户政科门口墙报上的大标语：风华正茂。灵感一现，于是，就有了我的大名：风华。

"你叫风华，那妹妹是不是叫正茂呀？"从小到大，不知道遇到多少人笑嘻嘻地调侃我的名字。

其实，我也一直对这个名字有意见，听到老爸给我取名

的经过，更是耿耿于怀，父母好歹也是知识分子呀，怎么给我起这么个革命的名字。

18 岁后，我越来越不喜欢这个名字，于是给自己取了个新名字：全禹羲。

从此，几乎是陪伴我大半辈子的"风华"落下帷幕，下半生，从"禹羲"开启。

禹羲的 One café

你说，我游戏人生
这是真话。

而我所以这样做
因为那使我快活
——波兰 显克微支《君往何处去》

在一个悠闲的下午，一份甜品搭配一杯咖啡，在温暖色调咖啡店一角，听着舒缓的音乐，读一本书，甜蜜幸福，安静舒适。

在宜人的空间里，灵魂与身心都放松，这是我所追求的咖啡馆环境与氛围，也希望每一位步入咖啡馆的顾客，都能亲身感受到独特的气息和自由自在的感受。

据说，每一个文艺女青年都有一个开咖啡馆的梦想，我也不例外。

2012 年，在一个阳光明媚、充满希望的早晨，我决定开一家属于自己的咖啡馆。多年的咖啡迷生活，让我对这个美妙的饮品充满了热情和独特的感悟，我想用咖啡的香气和味道，来为人们带来温暖和快乐的体验。

动心起念，说干就干。

20 天开店的 One café

恰巧有个朋友要转让一个深圳市福田区带院子的店铺，虽然整体面积不大，但带上院子，就非常符合我对咖啡馆的设想。就这样，我开始了创造属于自己咖啡馆的梦想之旅。自己动手设计店铺装修方案，找装修队装修，挑选沙发、桌椅、灯具、挂画，采购咖啡设备等。

20 天后，超级行动派的我就将设想中的咖啡店从梦想变成了现实，并为她取名 One café。

能达到"深圳速度"，还得感谢朋友们的支持，特别是延平哥哥，在装修上给我很多建议。记得那会是 8 月份，深圳还是炎炎夏日，延平哥哥带着我一天之内跑遍了深圳几个区的家具商场，因为咖啡馆早已在我心中有了大概模样，又有延平哥的把关，家具很快就订好了。

欧式的软皮大沙发，舒适的桌子，复古的吊灯，暖色调的欧式宫廷画、复古木书架……还有自己多年来积攒的摆件、黑胶唱片机、唱片（也有从朋友那掳来的），让咖啡馆的拼

图迅速成型。

　　年轻时用梦想发电，每天都是精力充沛，忙得不知疲倦，不亦乐乎。为了成为一名合格咖啡师，我又去找专业的咖啡师学习。我追求完美的咖啡品质，选择优质的咖啡豆并亲自进行烘焙，每一杯咖啡都是用心磨制而成，希望每一位顾客都能感受到我对咖啡的真挚热爱。

疯狂如我，为了咖啡店里能提供好吃的甜品，直接飞到法国，把法式甜品尝了个遍。马卡龙、千层派、柠檬塔、布丁塔、蒙布朗、巴巴莱姆酒蛋糕、焦糖奶油蛋糕、岩浆巧克力蛋糕……还跟着法国蓝带甜品师学习了做甜点的一招两式。

禹羲的"会客厅"

我的咖啡馆终于完成了，它不仅仅是一个咖啡馆，更像是我的私人会客厅。

　　每当我踏入咖啡馆的大门，我就仿佛回到了自己的温暖家园，沉浸在熟悉而舒适的氛围中。这里不仅是一个经营场所，更是我用心打造的空间，让每一位到访的人都感受到家一般的温暖。

　　当我穿门而入，就能听到熟悉的笑声和友善的问候。这里的人们变得如此亲切，如同家人一般，我们分享着彼此的快乐和忧愁，互相支持和鼓励。我的咖啡馆成了咖友们的庇护所，他们在这里找到安慰和温暖。

今天约几个朋友在咖啡馆观看电影，明天组织场读书会，后天晚上酒局也安排上了。我为好朋友们提供了专属咖啡杯，每一个都不一样，摆在置物架上，别具一格，这份独家喜悦，感动了自己，也感动了朋友们。我们共同沉浸在咖啡的芬芳之中，喝着香浓的咖啡，品味着生活的美好。

在这个如家一般的咖啡馆里，我不仅仅是一名经营者，更是一个聆听者和故事的记录者。每个人都有自己的故事，我喜欢与朋友们交流，听他们分享独特的经历与生活感悟。

这些故事不仅让我感受到人性的美好，也启发了我对生活的思考和理解。

咖啡馆是我实现梦想的见证，带给我无尽的乐趣和满足感。无论是在咖啡馆内还是在通往咖啡馆的路上，我都能感受到内心的喜悦和充实。在这个小小的空间里，我创造了属于自己的理想世界，与人们分享咖啡的香气和爱，同时是我与世界连接的纽带，让我拥有了更加丰富、有意义的生活。

记得组织过一场小小的读者见面会，一个知名的作家，现场有 30 名左右的读者，聊了近 1 个小时。我也是这个作家的读者，非常的激动并十分用心筹备这场见面会。但后面却

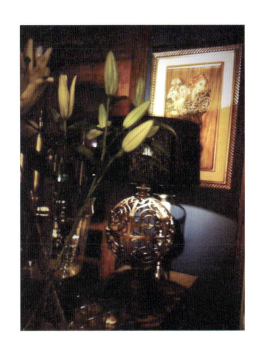

失望了，因为一个读者反驳了作家的一个观点，他就生气了乱怼人，这在当时的我看来，简直是不可思议的。

后来想想，也许这才是真实的人生。每个人都有 AB 面，只是你还没发现而已，这也是这个咖啡馆教会我的事。

情迷下午茶时光

下午茶是我所喜爱的，甚至直到今天，仍然是我生活和旅途中必不可少的。

那些阳光明媚的闲暇午后，约上三五好友，于自家咖啡馆小院小聚，抿一口醇香的咖啡，尝一块精致的甜点，不时交谈轻松的话题，也有八卦的小乐趣，或是各自沉默，读一本书，享受诗意般浪漫的下午茶时光。如果是雨天，那就更有意思了。

　　春天，细雨绵绵，润物细无声，在窗边欣赏烟雨朦胧中的城市美景，如诗如画。夏天，瓢泼大雨，如果遇上台风天，狂风呼啸，疾风骤雨，正好听一场风与雨的城市交响乐。秋天，深圳是没有秋天的，咻的一下就到冬天了。冬天，深圳的雨水少，却温柔了许多，带着些许寒气，在咖啡馆温暖的色调与咖啡香中，温暖安心。

　　我不是在下午茶，就是在下午茶的路上。也许这个习惯就是在开咖啡馆那段日子培养的。

　　工作不忙时，我就去咖啡馆；朋友来了，更要去咖啡馆；

独处或小聚，喝咖啡、听音乐、写写诗、抄抄经、发发呆、
闻闻香，这一份宁静与美好，温暖了四季，让内心富足而喜
悦，仿佛是世间治愈一切的良药。

四年后说再见

　　经过一段时间的努力，我的咖啡馆渐渐受到了人们的喜
爱，每天都有新的面孔出现，然后他们很多人已经成为这里
的常客。我看到他们在这里与朋友相聚，与家人共享美好时
光，或者独自坐下来，静静地品味一杯香浓的咖啡，让我特
别有成就感。

　　开咖啡馆，给了我很多收获，我很庆幸自己能够实现这
个梦想，能够通过咖啡将快乐和温暖带给更多人。

　　仅一年后，我的咖啡馆就可以盈亏平衡了，我希望能够
继续经营这家咖啡馆，继续在咖啡的香气中与人们分享美好
的时光和故事。

　　但好景不长，开业四年后，店铺业主要收回店铺，房子
要拆迁，我的咖啡馆经营之旅就这样结束了。

　　四年的咖啡馆时光，满载与新老朋友度过的美好回忆，是我人生珍贵的体验，永远珍藏在我的心中。

　　但下午茶，还是要继续的！

京城火锅 & 香港兰桂坊

昨天诗人说，

生活是一条泪谷；

今天他说，

生活是一块乐土。

这并不自相矛盾。

——捷克 米兰·昆德拉《生活在别处》

北京，一直是我喜欢的城市。从小到大对这座城市的感觉就是，它将与我一生有着千丝万缕的联系和记忆，那种扎扎实实的踏实感。

而我通过电影和电视剧认识的中国香港，那是一种造梦感。它是一种文化符号，它代表了那个时代的繁荣、自由和多元的香港精神，更承载了 70、80 年代人们最初的情感和价值观。

直到今天，我在定居 20 多年的深圳，因为工作原因，依旧很多时间会在京城和香港穿梭，而精神状态也随之自由切换，到了京城和朋友们撸起袖子吃火锅，到了香港则自动转换成文青。

有人说，城市印象是时代在我们身上的投射；也有人说，因为爱上一个人而爱上一座城。

人们因为不同的因缘，和城市形成了不同的链接，于是就有了牵挂与思念。

感谢时代的慷慨馈赠，让我可以体验如此丰富的人生，感受生命的鲜活与力量。

滚烫的火锅　热闹的江湖

老妹，今晚想吃啥？

天冷，火锅呗。

行，那就到北京铜锅涮肉吧。

冬季到京城出差，得知我行程的一个京城老大哥电话打来，约饭吃酒。冬季下馆子，最热爱的还是火锅，到京城就是要吃铜锅涮羊肉，那才是一个正宗。

据说京城涮羊肉来源于古代的御膳，讲究的人把它上升到宴的层次。羊肉必须是专业的师傅手工切的，薄薄的羊肉，肉体通透，纹理细腻，锅里涮几秒即可，搭配传统芝麻酱，那就是绝配。芝麻酱如巧克力般绵密丝滑口感，与羊肉的脂香混合，一口下去，直达灵魂深处。

锅内热水沸腾，就可以涮肉了。不同部位的羊肉，涮的时间是不同的，大哥是个老饕客，对于不同食材涮多久，他心里可有数了。火锅涮肉要自己动手，才是真正的乐趣所在。

　　围炉涮肉，笑声融融。火锅店内座无虚席，充满喧闹的氛围。人们享受着店里的热闹与滚烫，感受着包容与和谐。朋友们说，火锅就像人生，酸甜苦辣咸应有尽有，有人钟爱清汤，有人迷恋麻辣。

　　手握一锅，百味皆备，加上自己搭配调料，蒜泥、辣酱、香油、芝麻，也有南方人吃牛肉火锅必备点沙茶酱，根据口味和心情选择调料，这更是吃火锅的快乐之一。

东北人初遇京城火锅

　　东北地区有非常漫长的冬季，气温常常低于零度，寒冷的记忆刻在人们的骨子里。幸好，有热辣辣的火锅能温暖人心，驱散寒气，给我童年留下了难以替代的美食记忆。

　　东北人吃火锅时必不可少的是酸菜和血肠，由于我们家不吃猪肉，所以通常都吃牛肉和羊肉。但在东北，人们都是大口吃肉和喝酒，这与北京的薄片肉的讲究完全不同。

　　至今还记得，小时候经常跟着父母到京城吃铜锅的情景。特别是寒冷的冬日，当火锅店的大门打开时，热浪扑面而来，

一股股诱人的香气弥漫在空气中。父亲坐下，熟练地跟店家点菜。不一会儿，八仙桌上架起一口锅，新鲜的食材摆满桌子。

我好奇地研究起那火锅上烟囱似的东西，与那精致的羊肉薄片，觉得很神奇。父亲耐心地跟我讲解调料搭配与涮食材的江湖规矩，开始还不太懂，后面就可以自己涮肉吃了。

　　那个冬天的京城之行，在那温暖的火锅店里，留下了我童年的美好回忆，更加深了我对北京这座城市的热爱。从那时起，我对京城的情感里，多了一份味道，一份火锅的味道。

　　到现在，我吃火锅已经不下数百次了，东北火锅、北京铜锅羊肉火锅、潮汕牛肉火锅、粤式海鲜火锅、川渝九宫格火锅等等，各有风味，我都热爱，就爱这滚烫的火锅，热闹的江湖。

偶遇"裕德孚"

　　这些年，京城街头有名的羊肉店，我已基本上都去过了，都说爱一人爱一城，我大约是爱这口，顺便就爱这城吧。

　　一次，朋友在美食网站找到一个叫裕德孚的小店，真心不错。这家小店坐落在东城区箭街一带的一个角落里，店面不到30平方米，六七张台，一个老板和两三个伙计，都有几十年的历史了，据说店主在这行可干了整整50年。

　　店老板"裕德孚"，50年代生人。听老爷子自己讲述，他祖父20世纪在东来顺就是主刀（专门负责切羊肉的师傅），还曾接待过多国的外宾，算是切涮羊肉的老行尊。

老爷子从 16 岁学徒开始，到开店至今，他用这个小铺面养活了一家人。买房、买车、送女儿出国，后来又开了分店，但是这辈子他只干了一件事，就是切羊肉，开羊肉火锅店。现阶段他半退休状态，很少来店里了。

今天因缘际会，很有幸遇到了老先生。

此时，店里面只有几个客人，他就亲自为我们服务，为我们涮羊肉。他边涮边跟我们解说：调料要盛出来，一勺一勺地放在羊肉上，不仅节约底料，更重要的是第一口的味道和最后一口的味道是一样的；还有肉不能来回地乱涮，水开了才放肉，这样没沫子；想证明肉新鲜，那就涮好的肉只蘸盐（海盐为佳），这样即可证明食材是否上等。

一晚上下来，发现今天之前的肉都白吃了，哈哈。吃了那么多次羊肉火锅，居然不会涮羊肉，今天真是啪啪啪地打脸了，以后不敢妄称自己是北京火锅爱好者了。

"咕噜咕噜……"涮完最后的食材，锅内只剩热水翻滚，关火停箸，摸了摸肚皮，立马打了个饱嗝，我和朋友哈哈大笑。今晚的羊肉格外美味，比平时吃得更多了。

朋友相伴，美食入肚，遇见有趣的老先生，又学了涮羊肉真谛，这人间烟火，谁人不爱？

一个人的火锅也是享受

有一段时间，特别流行轻断食，什么"16+8 轻断食"
"5+2 轻断食"，我也跟着时髦，尝试不吃晚餐，早点入睡。

半夜一桌好友，火锅翻腾，氤氲缭绕，我愣是看不清对
面朋友的脸，还以为是热气挡住了，只记得大家都很开心很
放松，刚要尝一下手中涮肉，还没吃到那个味，就醒了。啊！
原来是美梦一场。

摸了摸咕咕叫的肚子，饥饿来袭，再难入眠，太难受了。
看了一下时间，才凌晨 3 点，怎么办？于是起身走向客厅寻
找干粮，具体吃了啥不记得了，只记得填饱肚子后，回去睡
了个美美的回笼觉。明天，必须得约一顿火锅！

天冷吃火锅，天热也吃火锅，心情好吃火锅，心情不好
更要吃火锅。吃火锅，吃的是味道，是气氛，更是人情往来。
热气腾腾的氛围中，总能化解社交尴尬，即使是初次见面的
朋友，一下子也能聊开来。推杯换盏之间，你来我往，交换
彼此的人生。

　　网友列的孤独的十个级别中，我对应了一下，十件事情我全部一个人干过。其中一件事是：一个人吃火锅。对我来说，一个人吃火锅太正常了，并不孤独。一个人在火锅店，开心地用食材投喂，尽享舌尖的美味，一个人静静地看周围的热闹世界，也是一番风景，这人间烟火是他们的，也是我的，本姑娘享受得很，自给自足、自在自洽。

火锅，就像朋友，给人温暖，给人安全感。

火锅，就像人生，酸甜苦辣，任君选择。

火锅，就像江湖，无论是谁，无论来自哪里，有着什么样的故事，都给予无尽的包容。

网友论述吃火锅哲学：没有什么事是一顿火锅解决不了的，如果有，就两顿。

我绝对认同，哈哈。

香港有个兰桂坊

风靡大街小巷的流行歌曲，红极一时的香港影视剧，明星们带来的时尚震撼，如潮流般涌进 70 年代少女纯真的梦想和好奇心。此时，在我的凝眸中，律政俏佳人们在这个叫香港的地方斗智斗勇，演绎着浪漫与正义的故事，在严谨日常和激情夜晚热烈交替着。于是，她浮想联翩，兰桂坊这个名字正在此时此刻印在少女的心中，成为人生梦想中的最独特的符号。

回到现实。

在白山黑水的东北，白雪皑皑的教室窗外，压弯的松枝上顽强地透露出几根绿色的松针。忽然间，走神的女孩对老师的声音充耳不闻了，她被这几根松针刺穿了思绪：明天的法庭上，掌握的新证据能把罪犯绳之以法吗？背后的大佬的报复行动能得逞吗？我的偶像被男友误会能解释清楚吗？

中学时光里，最让人感到刺激和难忘的就是逃课去录像厅看电影。那时的内地录像厅非常热闹，是男女老少的娱乐天堂，仿佛能够带我们进入一个全新的世界——港片的各种精彩故事、刺激动作和感人情节都深深地吸引着我们。那时，如果家长和老师找不到孩子和学生，首先想到寻找的地方就是录像厅。

我是一个绝对的港片发烧友。

除了逃课去录像厅看电影，我在家里也不放过任何热映的香港电视连续剧，即便父母经常以第二天上课为由不允许我看电视，我也会想尽办法，比如找借口去爷爷奶奶家、叔叔姑姑家看。

港片不仅仅是电影与电视剧，更是一种文化符号。它代表了那个时代繁荣、自由和多元的香港精神，更承载了 70、80 年代人们情感和价值观。

影视中的角色和故事深入人心，让我们为之动容。比如那些早茶时光，让我们对亲情和友情有了更深的感悟；古惑仔系列则教会了我们要勇敢面对挑战和困境；而带假头套的大律师们更是激发了我们对法律和正义的追求。

总有人问我为什么选择了律师这个职业？

我总是说，因为受到了香港 TVB 律政剧的"荼毒"，影

响太大后劲十足。20 世纪 90 年代，香港 TVB 的《壹号皇庭》《法内情》《法中情》《法外情》等律政剧风靡全国，剧中的男女律师在法庭上唇枪舌剑，滔滔不绝，口若悬河，为正义而辩护；女性律师们身穿律师袍头戴假发，气场十足，职场精英女性魅力四射；律政佳人们脱下律师袍后的时尚穿搭，也是又美又飒，干练、潇洒的职业范，更是深深吸引了我。

兰桂坊，梦想的起源

　　对我来说，真正影响深远的是港片中热闹非凡的兰桂坊。这里不仅是开怀畅饮的圣地，更是律政俏佳人的主场。如果要我回答儿时梦想的起源地在哪里，我必须坚定地告诉你，就是那帮戴假头套的大律师经常光顾兰桂坊。

　　律政剧在港片中扮演了重要的角色，而兰桂坊则成了这些律政俏佳人们的另一个展示舞台。它位于香港中环区的一条呈 L 型的上坡小径，两旁酒吧、餐厅林立，洋溢着小资情调。每当夜幕降临，兰桂坊就会变得繁忙起来，人们云集于此，享受着舒适的夜晚，尤其吸引着职场精英、明星、外国人等等，成了他们流连忘返的聚集地。

于是，在我眼中，兰桂坊成为一个象征自由和浪漫的地方，一个让人过着理想生活的天堂。

白天，律师们在法庭上为正义而战，而夜晚，他们与同事或三五好友到兰桂坊小酌一杯，畅聊人生。这种画面太美好了，职场的紧张感与生活的松弛感自由切换，我想这就是我向往的生活啊。

兰桂坊，我来了！

与兰桂坊的第一次邂逅，是 1999 年的冬天。彼时东北老家大雪纷飞，到了南方，却是温暖如春。飞机落地，立即需脱掉厚厚的棉袄，从零下十几度速冻直奔到二十几度高温，冰火两重天的感受太过强烈。

到达香港已是下午 5 点，冬日的暖阳照在那条静谧的街道上，日落黄昏前，橘黄色的色调给兰桂坊披上更加神秘的面纱。

　　徜徉在兰桂坊的街道上，在林立的招牌中，感受着那份宁静与独特的气息。回想少年时的憧憬，一幕幕景象尽在眼前。突然，鼻头一酸，一时间竟也无语凝噎。

　　我和朋友随意走进一个餐厅，坐在玻璃窗边的桌子上，静静地感受兰桂坊正在一点点苏醒的脉搏。

　　夜幕降临，华灯初上，真实的兰桂坊才初露容颜。看着窗外穿着时髦的职场精英们络绎不绝，欢声笑语，悠闲自在；而人语声越来越浓，粤语、英语在空中飘散，梦想大门此刻真实地打开了。我们点了很多香港特色美食，让我最难以忘怀的要数香港的牛腩面，初到香港吃到的这碗牛腩面，一入口即征服了我的味蕾，让我从此以后每当到香港，最经常想吃的食物就是牛腩面。大块的牛腩，分量很足，一口下去，软而不腻，肥瘦相间，最是正宗；而面条则是一种跟北方完全不一样的口感，细小有劲道。

　　晚餐后，兰桂坊已化身热闹的天堂。我们随意进入了一家酒吧，里面放着爵士乐，年轻人觥筹交错，好不尽兴。此时的兰桂坊，夜半微醺，最是迷人。此时此景，直叫人想起辛弃疾的名句：蓦然回首，那人却在灯火阑珊处。

　　那天，我沉醉在兰桂坊的美色中，酒不醉人人自醉。之后的之后，就断片了。

兰桂坊，成了情怀

　　香港法律为英美法系，内地法律为大陆法系。所以，成为律师后的我，有些案子也会与香港大律师合作，办事的律所在香港中环设有办事处。有时候去香港公干，在时间允许的情况下，都会让司机提前在兰桂坊放我下去走走，一个人在鳞次栉比的高楼大厦中，在车水马龙的街道上人潮涌动，独自聆听市井之歌，感受兰桂坊那份独特的韵味散步，东北话叫出去溜达，老北京叫作去遛弯儿，而现在年轻人有个时尚的叫法"City walk"，我还真成时髦先驱了。"我们香港人现在基本上都不去兰桂坊了，都是外国人与内地游客居多。"香港同事微笑着，用一种微妙的眼神看着我说。

　　"嗨，中年少女的情怀你唔懂。"

　　我在香港看的第一场电影是在兰桂坊，我在香港住酒店，大多数也是在兰桂坊后面的香港文华东方酒店，在香港发生很多好玩的、有趣的事，都多少跟兰桂坊有点联系。

　　因为一个地方，爱上一座城。

因为一个地方，书写了一段生命的故事。

虽然，我知道自己到这把年纪了，兰桂坊的热闹已不再适合我，但是，刻在生命里的兰桂坊，在我心中的地位，却是无可替代，甚至是不可动摇的。

　　虽然，努力的人生不一定精彩，但没梦想的人生肯定是一潭死水，我是尽力了，虽然现实和理想有一定的差距，但律师这个名头还是争取到了，定居在深圳，兰桂坊也可以忙里偷闲偶尔去一下。

　　所以，我现在也常假扮长者口吻，和律师团队的小伙伴们念那句经典台词：

　　人一定要有梦想，万一实现了呢。哈！

『一个人』和『两座城』

温柔多情的雨丝，

催促万物在黑夜里探出嫩芽。

——日本　村上春树《舞！舞！舞！》

爱花的男人

有一个地方冬无严寒，夏无酷暑，那就是腾冲。

先生说，能想到最浪漫的事就是腾冲赏花，和相爱的人在这里白头到老。

先生和我一样，工作之余喜欢到处走走，而且喜欢自驾。那几年，我们几乎自驾走遍了云贵川，最终先生选择了在云南腾冲再次创业，因为在腾冲，先生可以完全放松自己，只闻花香，不谈喜悲。

先生爱春天的油菜花，夏天的荷花，秋天的银杏树，冬天的茶花，没见过如此爱花的男人。然而，我们一起生活这么多年，先生就在求婚的时候，给我在云南昆明批发了一大箱鲜花，并声明他只送这一次。后来？就真没再送过了。

先生说，昆明的花很便宜，便宜到可以随便给太太买一束；云南腾冲的花更是一年四季遍地开，随手摘一朵便可以送给太太。

于是，这一个人，一个叫腾冲的城市，成了此生最深刻的羁绊。加上另外一个虽因高反备受折磨，却用美和坚定征服了我的城市——拉萨，都成了我生命的坐标。

这人是个"大骗子"

这些年一直有个流行词，叫"隔壁老王"。

我家老王表示"小抗议"，为啥不是隔壁老刘或老李？我也表示"困惑"。

后来，我们都听惯了。于是，我家老王对朋友介绍自己就说："我就是那个隔壁老王。"我也便顺着讲："那个隔壁老王就是我家老王。"

老王把我拉进"家谱"

说起王姓，听老王讲，我们老全家原本也姓王，高丽开国君主王建的后代，后来王氏高丽被李氏朝鲜取代，后人便将姓氏改成了"全"。我经常问我家老王，我们算不算近亲联姻，他说"这叫亲上加亲"。

当然这是玩笑话，我们可都是有家谱的人，老王是东北人家中的长子长孙。所以，后来家族中重修家谱，他还把我也加进去了，嘿嘿！

"家谱不是不写女的吗，如果写，是不是会把我写成王全氏？"我问。"从我这就改了，就是全禹羲。"老王说。

"以后军功章上也有我的一半。"我说。

有人说，有家谱的人都是靠谱的，我也这么看。

"老王案例"让我没案接

我家老王虽然是个东北爷们，但骨子里也不算特典型的那种，平日里不算话多，但一讲也都是金句，属于那种冷幽默型。我的很多闺蜜还挺喜欢他的冷幽默，特别是土生土长的南方小姐妹，有时候接不住一些东北梗，但也经常被老王逗得嘎嘎乐。

我经常在减肥的路上，不厌其烦地来来回回地奋战着，所以我家老王就经常调侃我说："有缸粗没缸高，除了屁股全是腰，哈哈哈哈哈！"

插播一下，老王的厨艺还真不是盖的，尤其是那牛肉面，堪称一绝，朋友们专门还起了个名："老王头"牌牛肉面。

我瘦不下去是有原因的。因此，当我去世界各地旅行时，给老王买围裙，成了我乐此不疲的兴事。

我是大厨

　　我俩还经常茶余饭后做批评与自我批评，每当我进步一点点，我家老王就会稍带一句："从前是缺点比优点长，现在是缺点与优点一般长了。"

　　因为都是东北人，所以我们之间的相处也就直来直去，简单粗暴，对于对方的各种"损"，不以为忤，反倒乐在其中，像在说相声中互相砸挂。

　　我虽不是专门做婚姻家事的律师，但找我做婚姻类咨询的朋友特别多，可能是认为我值得信任吧。但我执业这么多年，还真从未正式代理过离婚诉讼，原因呢？呵呵，就是我都给人家"调和"了。

插播一下，本人大学毕业论文就是婚姻法方向，而且获评学校毕业生优秀论文。此外，我还是高级心理咨询师，有证。

说到这儿，大家是不是以为我肯定是婚姻家事方面的律政精英？结果专业倒没给我带来案件，"老王案例"却经常能起到关键作用。

咨询我的人大多数是比较熟悉的朋友，等他（她）们诉完苦，也经常会提一个问题：你和你家老王这么多年感情都挺好，是怎么做到的？

我说："你是怎么看出来好的？其实我们也是经常'干仗'，有上百次想分开，上百次想掐死对方，也会有去民政局的路上半路折返的经历。"朋友们纷纷表示诧异，同时也感叹我和老王"演技"太好。

调解完，我也经常不忘传达我家老王的金句："人生如戏，全靠演技。"这并不完美的"老王案例"，反而让大家心悦诚服，重新考虑婚姻中的相处之道。

老王的"抗议"

因为经常拿老王说事，他有一次表示了小抗议。

"作为一名持证上岗的拿牌照的律师，请注意你的措辞，以及遵照以事实为根据，以法律为准绳的准则。"老王说。

"咋地了？"我说。

"一是我们是吵过架（动嘴），但从来没干过仗（动手）；二是我们自结婚后，再没一起去过民政局，口头说离婚确实有过。"老王说。

"这整得比律师还严谨啊。"我说。

"因为和律师同床共枕多年，受益匪浅。"老王说。

说归说，闹归闹，和我家老王风风雨雨经历几年的恋爱长跑，又共同走过了十几年婚姻生活，谁也不知道未来的人生路还有多长，老王也经常和我讲："明天和意外不知道哪个先来，只能过好当下。"

是呢，婚姻是自己选的，鞋合不合适，只有脚知道。

老王也还说过："小骗子骗一阵子，大骗子骗一辈子。"

我默念：希望我家老王是大骗子！

腾冲有羁绊

有人说，所谓旅行，就是从自己呆腻的地方，去到别人呆腻的地方。据说源头是民国作家郁达夫先生的一篇作品里写到的，但未曾考证。且不论到底是谁说的，我觉得的确有点道理，我家老王和我喜欢旅行，他也经常笑言，我们就是换一个地方吃饭、睡觉、喝酒，那倒确实是。

明代著名地理学家、旅行家徐霞客笔下的"极边第一城"，就指云南腾冲。记得一个记载旅行的权威杂志上曾写道，"如果给一个城市写零差评，那非腾冲莫属了"。我有一个曾游历过七八十个国家的朋友，他说行走了这么多国家，他最喜欢的城市就属腾冲，而且没有之一。

没想到，腾冲没有作为我们的旅行目的地，却成了生命的一部分！

飞腾冲的机票装满一袋子

后来因为一些机遇，我家老王有了去腾冲筹建温泉酒店的机缘，而且一待就是几年。

这几年时光，我们便开启了两地分居的生活模式，那些年我是月月飞，当时深圳到腾冲没有直达航班，我都是在昆明转机，而且都是早班机，天未亮赶机场，到腾冲基本也是快落日。尽管看似辛苦，回想起来，觉得那段奔波的飞行时光是快乐的。

　　记得每一次落地机场，飞机还未停稳的瞬间，就已经能嗅到腾冲独有的带有满满负离子的清新空气。

　　这里确实有太多让人不得不去喜欢的理由了，比如，这里有四季如春的气候，随处可见大古镇村落，而且未被商业侵蚀的那种；各种青瓦建筑依然保持着传统院落的简约和朴素；这里有闻名于世的硫磺温泉，后来去过那么多温泉国家和地区，绝对可以媲美包括日本箱根、匈牙利布达佩斯、英

国巴斯古罗马浴场等地的温泉，甚至有过之而无不及；当然
这里更有山水田园的慢节奏生活。

腾冲，成为我飞过中国大江南北这么多城中，飞行次数
仅次于北京的城市，如果把飞过的机票罗列出来，应该也能
装满一个袋子吧。

与腾冲的"过命交情"

如此多的飞机记录中，也曾有过几次惊心动魄的体验。

因这里属印度洋季风气候，时常烟雨蒙蒙，除了经常延
误，也会有返飞的情况，特别到了雨季，延误概率几乎百分
之百，因无法下降在空中盘旋的概率也是时有发生。

记得有一次，也是恰逢雨季飞机在高黎贡山盘旋多时后，
备降到了重庆，最后返航。

还有一次，因为临时买的机票，又是最后值机，所以安
排在了机尾的位置，那时候腾冲还是一个县，机场也是军民
两用机场，飞机都是小型机。而且深圳飞昆明，昆明转机也
一般只有一个航班选择，有的时候还买不到机票，记得那次
天气特别恶劣，也算经历了一次心跳加速的体验，强烈气流

造成的颠簸，仿佛坐上了我最怕的游乐场里的过山车，一系列折腾盘旋之后才算顺利落下，这些飞行经历也算是和腾冲有过了"过命交情"。

腾冲还有一个特殊存在，就是有个叫国殇墓园的地方，震撼远超想象，于我们是另一种过命交情。

我作为民革的一名党员，曾和支部成员一起来到这里，缅怀这里阵亡的抗日救国将士，一寸山河一寸血，至此永不能忘。

至今想起那次腾冲之旅，我们一致认为这是支部活动中的天花板。

读万卷书是一静，行万里路则是一动。或许我们的人生就是在静与动的揉捏中，逐渐变得和谐。

即使我们这一生马不停蹄，我们终将回归，那句"愿您出走半生，归来仍是少年"，则是给疲倦的心和灵魂一种安顿。

西藏的阳光和甜奶茶

初秋的拉萨，像一位神秘而又热情的少女，散发着独特的魅力。记得那是 2010 年 10 月，正值国庆假期，我第一次踏上了这片向往已久的神圣土地。

初到拉萨，布达拉宫顶上那湛蓝得如同被水洗过的天空和洁白似棉絮的云朵，一下子就揪住了我的心。然而，高反也如影随形，脑袋像是被什么紧紧箍住，每一次呼吸都像是一场艰难的战役。但这丝毫没减少我对这座城市探索的热情。

停顿而非游走

走进八廓街，当时已经小有名气的玛吉阿米餐厅，就像一颗璀璨的明珠镶嵌在这片古老的街区。那土黄色的外墙，充满了历史的沧桑感，因为坊间传说这里是某位名人约会情人的地方，更给它增添了一抹浪漫而神秘的色彩。

记得大学时，我一个师兄从拉萨回来时，带给我一本仓央嘉措的诗集，以及关于玛吉阿米的"美丽传说"，当时并不清楚这到底是道歌还是情诗，只觉得很浪漫。

带着种种期许和好奇，我迫不及待地走进店里，里面弥漫着浓郁的奶茶香，木质桌椅、墙壁上藏式绘画和各式唐卡，仿佛倾诉说着一种陌生而熟悉的文化。

我找了个靠窗的位置坐下，点了一杯招牌藏式甜奶茶，坦白说，第一次喝并不习惯。坐了没多久，我注意到店里有很多很多留言本，这些本子已经有些破旧，看得出有很多人在这里留下了自己的故事。

我好奇地翻看着，里面有来自世界各地的游客的留言，有的写着对拉萨的喜爱，有的分享着自己在旅途中的感悟，还有的在为自己或朋友庆生的温馨话语……

恰逢我的生日将近，我想在这样一个充满异域风情的地方庆生，一定是非常特别的体验。

因为高反的原因，我取消了去唐古拉山、那木措的行程，仅保留了一天去传说中的羊湖外，剩余的时光我都留给了大、小昭寺和八廓街，因为大、小昭寺门前的阳光和八廓街上的玛吉阿米，这是我想留给自己在这片土地上独有的陪伴。

在拉萨的日子里，我也感受到了宗教在这里的重要地位。

寺庙里，喇嘛们虔诚地诵经，信徒们手持转经筒，口中念念
有词，眼神里满是坚定的信仰。这种信仰的力量让我震撼，
它仿佛是一种无形的纽带，将藏族人民紧紧地联系在一起，
让他们在这片高原上坚守着自己的传统和文化，这里的人们
仿佛只为众生和来生而活。

　　国庆期间，拉萨的街头巷尾都洋溢着节日的氛围。五星红旗飘扬在各个角落，和经幡相互辉映。藏族同胞们也用自己的方式庆祝着这个伟大的节日，他们穿上节日的盛装，跳起欢快的民族舞。我也被这种欢乐的气氛感染，暂时忘却了高反带来的不适。

　　随着时间的推移，我对拉萨的了解也越来越多。在这里，我看到了不同文化的交融与碰撞，也感受到了人类对美好生活的向往和对信仰的执着追求。

　　离开拉萨的时候，并没有离愁，想着一定会再来，便又有种莫名的喜悦和期待油然而生。

　　10 月的拉萨，就像一场美丽的梦，永远留在了我的记忆深处。那奶茶店的特有味道，那留言本里的各种传奇故事，那充满信仰力量的宗教氛围，都成为我此行最宝贵的收获。雪域高原的圣城，会一直在那里，等待着更多的人去触碰，她让你从忙碌且混乱的日常中暂时休息，认真且坦诚地与自己对一次话，这大概就是生命坐标的意义吧。

　　于我，则是下次再来一定会看看，当年茶馆里的留言是否还在。

女孩看世界

它只是走着，走着……

就这样，

汉斯·卡斯托尔普再把这块玻璃表

藏到背心口袋里面，

让时间自行其事。

　　　　——德国 托马斯·曼《魔山》

"要么读书，要么旅行，身体和灵魂总有一个在路上。"

没错，两样我都喜欢。我是多么喜欢旅行，而且有那种说走就走的决心，没钱的时候我也喜欢这样，有多少钱就干多少钱的事呗。

脚到不了的地方，书籍可以到达，通过阅读与想象，在不同的时空与区域穿梭、行走、畅想、陶醉，也是种曼妙的体验。

小学时有个机会出去参访，老师怕耽误功课不同意，可爸爸找到校长争取到同意。他对我说：功课可以再补，女孩子一定要出去看看世界。

于是，我就像天黑不愿归巢的小鸟，在外面自由自在地遨游。

布拉格的牛排馆

　　我曾经去吃过的最好吃的牛排，应该就是捷克首都布拉格的那个牛排店，应该说没有之一啊。

　　记得那天喝得一塌糊涂啊，回来的路上还吐到了日本使馆的门口，差点惊动警察。最后一溜烟钻进了预定的酒店，那个酒店就是我迄今为止最爱住的酒店之一。

　　记得头天晚上，我因宿醉一宿没怎么睡好，一夜都在做梦，梦见自己变成了修女，然后飘在布拉格的城中。

　　第二天醒来时发现，哇，好美呀！我住的房间，还是一个大套房啊，有院子有庭院，还有点东方文化的气息，居然是一所老修道院改建的，怪不得有那样的梦境。

　　当时我就深深地爱上了布拉格，也爱上了东欧文化，那次旅行让我终生难忘。不仅见到了在一部韩国电影里看到的，布拉格的那个许愿池，还有电车纵横整个城市，配上那些中世纪风格的建筑，也是风情万种。

　　最让我印象深刻的是布拉格的水晶饰品，很多人以为奥地利的水晶制品是最棒的，其实不然，布拉格的作品很有创意，我还买了几套寄回国内。

　　我记得它们被安放在家里的那个酒柜里面，但是有一套是当时在运输途中给我打破碎了哦。总之，布拉格的一切都是那么的美好啊。

　　虽然将近10年的光景过去了，但我对那里的一切依然记忆犹新。后来疫情后就没有再出过国，但是依然想念布拉格，以后应该还是会再去一次吧。

斯里兰卡的海边小火车

　　在宫崎骏的动画中，每一个夏天都是那么美好，能让你看到现实，也会给你一个童话世界，就这样陪伴了一代又一代人成长。

我对斯里兰卡的好奇也正是源于宫崎骏笔下，从斯里兰卡首都科伦坡到加勒的火车线路，因为这段铁路特别靠近海岸线，有部分铁轨甚至离海边只有一两米，坐在车厢向外望去，仿佛在海上旅行。

遗憾即圆满

然而，很多美好确实只能停留在我们想象力无限的丰富的大脑里，后来发生的事大家大概没猜到：是的，我至今未能坐上斯里兰卡的海边小火车，哈哈哈哈哈！

但我确实去了斯里兰卡，赶在这个美丽国度破产前，因为我被科伦坡火车站的场景吓坏了，火车站拥挤不堪，而且很多车厢根本没有防护栏，可能你无法理解，满怀欣喜地飞了五个多小时到科伦坡后，却打了退堂鼓。

但人生没有无遗憾的旅行，其实遗憾何尝不是一种美呢。后面的行程又邂逅了更美的风景，比如有幸拜见康堤湖畔佛牙寺里释迦牟尼的佛牙舍利，据说只有两颗佛牙流传人间，一颗在北京西山八大处佛牙塔内，另一颗就是在斯里兰卡的康堤，都有缘瞻仰，真是三生有幸。

　　记得参观那天还挺有趣的，我和我家老王还特地穿上了
当地人的服饰，我们走过那么多佛教圣地，那次应该是最有
仪式感的一次。

　　另一处难忘的风景，当属入住当地著名的灯塔酒店。这
家酒店设计出自斯里兰卡著名的建筑师杰弗里·巴瓦之手，
他是亚洲建筑界的传奇人物，我们入住的房间阳台离海岸线

特别近，那海涛声在耳边阵阵回荡，时值落日，火红的晚霞与浩瀚的印度洋，构成一幅壮丽画卷。

当晚，我们就在阳台上点了油灯，品味了酒店为我们接风洗尘的迎宾小酒，而且那天好巧，刚好是我和老王的结婚纪念日。

海边小火车没坐上，海边小香槟也是别有风情的。

只需随风去

其实，后来我发现很多国家有海边小火车，比如伦敦到苏格兰的高铁，日本札幌到小樽 JR 列车，还有我们深圳机场到市区的地铁……

这些风景都不比斯里兰卡的海边小火车逊色。但人总是这样的，没去过的，终是内心深处觉得最美好的存在。

一场说走就走的旅行，如同流星划过夜空，短暂且璀璨，留下无尽的回忆。

说走就走的旅途中，遇见未知的风景，邂逅陌生的人，每一刻都充满惊喜与温暖，它是一种心灵的解脱，是追逐自由的脚步，无需多言，只需随风而去。

曾经说走就能去的朝鲜

都说这个世界最神秘的国家，非朝鲜莫属。一个不允许带着手机等通讯工具入境的国家；一个盛产素颜美女的国家；一个和我们有各种剪不断理还乱联系的国家。当然，这里曾经是我小时候能说走就真的走过去的国家哦。

一张边防证即可过朝鲜

从前，只要户籍地是延边朝鲜族自治州的任何县市，仅需开一张边防证即可过朝鲜。

我就出生在"一眼能望三国"的边陲小城市——吉林延边朝鲜族自治州，父亲从前也曾在边防部队工作过很长一段时间，所以我对和我只有一水之隔的对面——朝鲜，并没有太多的好奇和向往。

直到大学毕业后，我选择来深圳工作生活后，因为户籍迁移到了深圳，再后来用护照签证方式又去了趟朝鲜。

也正是这次朝鲜之旅，让我在签注很多欧美国家时，经

常被当地使领馆签证官灵魂拷问，直到我去了几十个国家，换了几个护照，这个拷问也一直在不得不感慨，这个国家确实与众不同。

很多人曾问过我，祖上是不是朝鲜人？

回答，还真不是。

回顾历史，朝鲜分裂后，我们全家祖上被划到了白头山的南边，也就是现在的韩国，而我祖父母是出生在中国延边朝鲜族自治州的延吉市（原延吉县），地地道道的中国人。

外婆：一生洁净善良

我的外婆和外公出生在半岛南部一个叫江源道的地方，因为战争原因，他们于 20 世纪 40 年代末迁移到中国，并在延边州的图们市（原图们县）安家落户，就在与朝鲜一江之隔的图们江畔。在我的生平里，一生洁净从容的外婆金女士应该说是我生活的灯塔。

推开窗子能看到朝鲜

据外婆讲，一开窗就可以看到对面朝鲜人民日出而作、日落而息的日常生活场景。

外婆金女士一生不会讲中文，但却能讲一口流利的日语和俄语。她和外公到中国没有几年，外公就留下当时不到50岁的外婆，以及六个子女撒手人寰。因外公去世时，母亲也只有八岁，所以我未曾见过母亲嘴上常念叨，她那个英俊且多才多艺的帅父亲。

做边贸生意养家的外婆

据母亲讲，外公走后，外婆一个妇人靠着她的胆识，与当时并未与我国建立边贸关系的朝鲜，做一些边贸小生意，养活了他的六个子女。无论生活多苦，包括特殊时期因海外身份关系被批斗游行，她都未曾抱怨过任何人、任何事。

虽然小时候我由祖父母带大，和外婆的感情比不上与祖父母深厚，但外婆却也影响了我一生。

外婆的愿望是朝鲜统一

外婆出生在一个大家族，会读书写字，能喝酒擅跳舞，生前一直是延边州州庆时，那个长鼓舞队伍里的领舞者。

她一生勤劳、优雅、得体，因有宗教信仰，还是当地教会会长，虽然一生并没积累过太多的物质财富，但她却帮助过许多人。

　　还记得我读初二时，一个周末的清晨，她穿着一席白色的长裙（她一生都是穿着朝鲜族民族服饰），枕边还有她翻看了无数遍的圣经，安详地、永远地离开了我们。

　　她一生最大的愿望，就是希望朝鲜早日统一。

　　我是典型的天秤座（十足面子工程），有点外貌协会，我对外表极其看重，这也是最初受我外婆的影响。

机场『小说家』

当岁月流逝，

所有的东西都消失殆尽的时候，

唯有空中飘荡的气味还恋恋不散，

让往事历历在目。

　　——《追忆似水年华》 法国　普鲁斯特

　　时至今日，我也一直保持着阅读与写日记的习惯，尤其是在旅行途中。

　　比如旅行途中，总会带本喜欢的书，在机场与飞机上看。后来偶尔也会看电子书，但我还是喜欢纸质书多一点，喜欢书籍里油墨的味道，甚至还幻想在机场登机口里放一本我的书，我还喜欢油漆和地下停车场的味道。

　　我很喜欢飞来飞去。不是在旅行的飞机上，就是去出差的路上。每一次其实我都会在内心深处默念，明天和意外不一定哪个先来。所以每次飞行落地，又感觉是一种重生，感觉自己比别人多活了好几辈子。

　　总之，我觉得自己是个怪人。

　　法国小说家马塞尔·普鲁斯特的《追忆似水年华》，被誉为是 20 世纪最重要的文学作品之一，开了意识流小说的先河。

　　作为一个机场小说家，我也喜欢追意识流，让思绪信马由缰，于是就有了下面的这些基本都诞生于机场的"意识流"文字。

红尘中修行

这几日在京城的快乐，仿佛能抹去三年疫情带来的焦虑。

朋友问："你常常飞来飞去，累不累？"

我反问："在家天天躺着累不累，每天朝九晚五干一份枯燥的工作累不累，每天只带娃累不累……"活着不就变着花样的累吗。

那天会友，恰逢农历四月初八——释迦牟尼佛出家日，所以当日的话题，也自然逃不掉你从哪里来，你再到哪里去，活着的意义等等。

对话的具体过程就不多讲了，总之，还是得出了个结论：本姑娘还未得到真知！这我承认！很多的问题我确实回答不清楚，也没想透彻。

但当时有个问题我的答案是很肯定的（老友表示很满意）。他问我为什么曾经想到过成为出家人（当然这不是你想出就能出的哈）？我一秒钟也没犹豫地告诉他说："我想逃避现实啊！"

当然，如果现在有人再问，我不得不很肯定告诉他：我还太俗，继续在红尘中修炼吧，我离不开大口喝酒、大块吃肉、一本正经的胡说八道，我想好好体验这世间的林林总总。

飞往武汉的午夜航班

连续下了两天暴雨，这是入春以来的第一场雨，来得及时并彻底。

随之而来的就是一个噩耗，一个认识近20年的曾经同事因车祸离开。他也只不过比我大四五岁，留下四个孩子和靠打零工补贴家用的妻子，临飞前去看望了他的家人，并召集身边的人为这个同事募捐，以表慰问。

我们谁也无法预知自己死亡的日子，正如我们无法选择自己的出身。至于我们短暂的一生怎么过，就是我们这生必修课，除了认真吃饭、好好睡觉，就是选择一种自己喜欢的方式度过一生。

　　整个三月，都在各种饭局的推杯换盏中，浑浑噩噩度过，有种被消耗殆尽的感觉，还有就是久违的焦虑，这不应该是我该有的节奏啊。接下来，我需要放慢脚步，继续认真思考，并认真努力的完成年度计划。

　　因为天气原因，航班改了两次，很庆幸，最终还是飞了。

　　武汉大学，我又来了！这一次没再错过最美的樱花。

凌晨的香港机场

　　三年了，一切都在变，又仿佛都没有变。比如凌晨的香港机场，还是如此繁华、人来人往、熙熙攘攘，来自世界各地的人们在这里出发、到达或中转，这里应该算是世界上最繁华的机场之一吧。

　　新冠疫情前，我也算是这里的常客，除了自己从这里出发去往世界各地外，也会在这里送别家人和友人。今天是疫情三年后第一次来香港机场，上一次还是2020年的1月份，和家人一起前往澳洲，记得回国的第二日就是国内疫情并始

的日子，一切仿佛在昨天。

今儿来机场是为一个老大哥送行，因为有份特殊的情感，能让本姑娘一大早起床送行的人不多。他此行是看望他远在美国的女儿女婿和刚出生的宝贝外孙女。现场恭喜老大哥今年荣升姥爷，去年的此刻他还沉浸在失去父亲的悲痛中，而此时他已在憧憬，与还未谋面的外孙女见面时的各种场景里不能自拔，这就是有趣的人生。

　　因为早上 9:30 的航班，又是从深圳出发，所以我们相约凌晨 4:30 汇合，从老大哥的福田家里出发。可能是太久没出国了，也可能是老大哥见孙女儿心切，他说一宿未入眠，但见到他时，我倒未看出他任何不佳的状态，反而比平日更精神呢，这位老大哥的乐观心态我一直是欣赏的。

　　过港通关过程虽然填各种表格，但总体还是比较顺利的，到达机场也是按计划时间。因为没到办登机手续时间，我们决定吃个早餐，几年前我们常去的翠华茶餐厅还在，但要 7 点才开门，所以我们选了就近的麦当劳，大哥说国内都不吃的麦当劳，来香港体验一下。我说，人生就是不同的经历，最巧合的是我的取餐号与他的航班号居然是同一个数字——812，太神奇了，拍照留念。

凌晨的天空，久违的 Hk.airport，小偶遇和巧合，让这段旅程都变得如此美妙。祝福老大哥一路平安，记住只有我们之间的约定。

暗号是 812，因为这实在是个神奇的号码。哈哈！

暑假的小美好

我坐在深圳飞往大东北的航班上，看到一群穿着无人陪伴马甲的孩子们，就知道暑假又到了，我想这也是当代孩子们最快乐时光吧。

童年有很多期盼，比如期盼快点毕业工作，可以像表姐一样随意涂指甲油，买自己喜欢的衣服，并穿上各式漂亮的高跟鞋。小时候，父母虽然对我和妹妹在学习和日常开销上很大方，但唯独在臭美和早恋上是非常苛刻。

我就非常期盼过"六一"，因为儿时最美好记忆之一，过儿童节比过春节还值得期盼。因为相比春节有新衣服和美食的快乐外，六一节还可以参加各种竞技表演节目，像文艺汇演、朗诵演讲、体育比赛等。

小孩子除了学习，对其他的娱乐相当乐此不疲，那时候有永远使不完的劲儿，这一天除了能出尽风头，还有七大姑八大姨送的各种漂亮裙子和玩具，最重要的是可以理直气壮地把一些功课暂放一边。

过春节、六一儿童节、生日，也只是开心一刻，而暑假不一样，因为至少有两个月欢乐时光。

　　我们那个年代不像现在的孩子那么卷，各种补习班、兴趣课，我们只要把假期固定两个作业本，好像就是数学、语文做完，就算圆满完成了任务。那会做的最疯狂最刺激的事情就是，暑假作业本发下来不到两天就做完了，剩下的时光就是撒欢、狂奔，那时候的快乐只有七八十年代出生的人才懂吧。

　　有人问，为啥不是寒假？南方人不懂我们北方人的冬天，特别是二三十年前的气候，最冷的时候气温可达零下 30-40 度，在外面待上几分钟，你就知道啥叫天寒地冻，儿时的快乐只有在大自然中肆意撒欢地奔跑，才叫真正的快乐，所以暑假比寒假更快乐。

　　话说炎炎夏日，避暑胜地首选东三省，夏天的东北因为早晚温差大而让人舒爽，而且基本不用空调。夏天还有各种瓜果蔬菜，来到南方定居生活 20 多年的我，除了留恋东北夏天的气候，剩下的就是黑土地上瓜果蔬菜了，对我来说那是无法超越的味道。

余生很贵

癸卯年的上半程，以火箭般的速度无情地离开了我，各种日常工作和生活的琐事，终于算是告一段落。安静地思考之后，决心慎重对待下半程的分分秒秒。

除了日常工作，无谓的应酬尽量不参加，留更多的宝贵时间独处并读书、写文章，当然参加好的财经、文学、艺术类活动除外，比如：高质量的财富论坛、读书会、画展、音乐会等。

记得哪个名人说过"余生只和有趣的灵魂在一起"，说到了很多人的心坎里。前半生大概率是别人选择你，并不断做加法，如果你的前半生足够幸运，后半生大概率是你可以选择别人，并可以开启你的人生减法。

其实我们一生都在追求所谓的快乐，但大部分人不知道什么是真正的快乐，比如赚得钵满盆满，比如步步高升，因为这是人生最受用的，想当然地认为结果必然是快乐的。然而，当很多人得到这些后，才恍然发现并没想象的那般快乐，因为这些所谓最受用的东西，是一个无底洞，因为人性里有个可怕的东西叫欲壑难填。

我们出走半生，一小部分人们可能转换方向，其实我们日常中你觉得无用的东西，才是快乐的，比如和心上人去看个电影、听场音乐会，比如生活中给自己和他人的各种仪式感……

有时想想，所谓的苦与乐都是源于自己，而且隐藏在生活的细节里，有句老话说得特别好，生活中不缺少美，而是缺乏发现美的眼睛。

最近有些许的伤感，一个认识十几年并在医学领域颇有建树的好大哥，因新冠突然离开了尘世；一个远嫁韩国首尔的发小不到 50 的年龄，因为乳腺癌逝世，陪伴我们青春岁月的歌星李玟，以大家不想相信的方式结束自己短暂的生命……一切来的又突然又让人无法接受。

人的生命既短暂又漫长，人的上半程因为大多时光年幼无知，而显得荒废，如果时光倒流，让你重回少年，如果不带上如今的阅历和智慧，相信大抵也是原路返回，并重蹈覆辙。

　　所以，人生的每一步都难以预料，这样看来，余生就显得更加弥足珍贵了。

我会好好的

选择 10 月 5 日一大早的航班返回深圳，京城依旧秋高气爽，万里无云。讲真，还想多待几日，这个来来往往最多的城市，还是一如既往地喜欢和留恋，犹如初恋般。

迎着朝阳，踏着欢快的脚步，听着近期的一首单曲循环——杨综纬的《我会好好的》，带着不舍的心情和 288 页陈垂培先生著述的《读懂王阳明》，登上了 CA1383 首都飞往鹏城的航班。

3 小时 10 分，竟然一口气读完，合上书本的那瞬间，泪流不止。隔壁小姐姐还递给了我一包纸巾，并拍了拍我肩膀，真的好温暖。那一刻，也让我想起作者曾对我说过的，流眼泪也是一种幸福，因为有种乐叫孔颜之乐，乐就是心之本性。

是啊，乐确实应该是发自内心的本能，这也是此行最大的收获。

最后一个下飞机，第一时间取消了网约车，决定乘地铁。第一次从机场坐地铁回家，听说一路风景极美，堪称宫崎骏

先生笔下千与千寻里的海边小火车。当时感觉心情还未平复，所以就近吃了碗机场的重庆小面，东北人习惯"上车饺子下车面"，挺应景的。

吃完面条，意犹未尽，又在对面咖啡厅点了杯手冲，利用给手机充电的功夫，写了篇草草的小作文作为纪念，并预祝明天的我"十八周岁"生日快乐！

新年长红

第三次来新加坡，第一次是 20 多年前的新马泰旅行，第二次是八年前和王先生一起，此行是第三次，算是商务出行吧。

原计划是在深圳住院一周，做个全身检查，休息调养给身体充个电。但基于新加坡好友的多次真挚邀请，还是带着一身的班味和疲惫出国了。

来了就有收获，比如和专业人士对当下热门议题进行了深刻探讨，拜会当地优秀华人，有幸结识几位有为的年轻人，再次感受和中华民族一脉相承的当地人的热情……总之，不虚此行。

返程去机场路上，听闻 T 先生大选胜出，也算是意料之中吧，只祈祷中美关系有所缓解，年底的美国之行一切顺利。

正点登机，把漂亮空姐送上来的飞机餐吃个精光，本姑娘的肠胃功能在空中总是超常发挥，顺便一杯红酒下肚，然后美美地睡个好觉。

一觉醒来，已经进入我伟大祖国的怀抱，再一觉醒来，股票又是一色儿红，一定要红到过年！

——★特别篇★——

兄弟俩

我认识一对亲兄弟，遇见哥哥在先，弟弟是个出家人。后来才知道，原本应该出家的是哥哥，阴差阳错弟弟出了家。

哥哥是一家文化公司的创始人，情绪稳定，平日少言，但是佛缘深厚并有慧根的人；弟弟出家前则是业内小有名气的建筑设计师，个性鲜明，看似与这个世界格格不入的外表下，却隐藏不了他的真实与善良。

与哥俩的第一次见面，至今记忆犹新。金秋十月的北京，在一家出版社大门口，在出版社负责人梁社引荐下认识了哥哥，简单寒暄几句后，我们仨就在附近的一个北京餐馆午餐。

席间，近两个小时，大部分时间都是我和梁社交流，哥哥偶尔接应两句，感觉一顿饭下来，他没超过十句话，包括见面时的您好和分别时的再见。

虽然临别时梁社一再强调，让我和他多联系（看得出梁社对他很欣赏），但真心讲，凭借女人天生的所谓直觉，分别时我想应该不会再见了，因为我一直相信这所谓直觉。后来的后来，这种自我盲目的直觉也狠狠被打脸。

与弟弟宏愿法师的第一次见面，也是够别致，时间是中元节，地点是香港西方寺的大方丈室。当天，有幸和香港佛教联合会会长宽运大和尚（兄弟俩的师父）、他们兄弟俩、我的另一个朋友一起共进早餐。这次见面，他居然没说过一句话（因为您好和再见都是用出家人的手势代替了），当时看我的表情四个字概括——"面无表情"，哈哈。

然而，我和他们后来见面的机会比介绍人还多。来京城，我甚至会偶尔会住在位于京城顺义的谦德山房，这是一所由弟弟在出家前自己设计并建造的的四合院，这里经常高朋满

座，都是哥俩的好朋友，大致两类人，一种是文人骚客，都是和哥哥出版行业关联的人，另一种是在家居士，都是弟弟相关的人。虽然在这里只能吃斋喝茶，我却能找到精神上大快朵颐的满足感。

哥哥一直不遗余力地致力于传播中国的传统文化，近期在香港还创立了书局，只要来港他就会顺路来深圳看我。弟弟虽已为出家人，但仍可云游四海，纱衣素食包裹下，也丝毫阻挡不住他天生的与众不同，美学、美食、诗词歌赋的领域内无所不能。

哥俩出生在湖南一个特别偏僻的小地方，就是那种小时候上学要翻山越岭走上几小时的小村庄，听说小时候连电灯都没有。父亲是民办学校的教师，一生都未转正，母亲是大字不识的普通农民。就是来自这样一个家庭，看似弱不禁风的哥俩，有着比常人都大的能量和磁场，并活出了比一般人都精彩的人生。

这一生能真正走进我内心的人不多，他哥俩是其一。

生活中的雅韵与自在

在我的生命中，有一位特别的朋友，他就是我的延平哥。

一头自来卷，戴着最时尚的眼镜，永远是手拿烟斗，还有几十年不变的朋克风，当然，他还有个心爱的"小红马"。

延平哥记者出身，在新疆工作了十来年，那片广袤的土地见证了他的青春与奋斗。后来，他调入深圳报业，继续着他热爱的新闻事业，先后任职主任记者，专刊部主任，北京、上海、广州驻点负责人，现在深圳的海边——大梅沙定居生活。

现实版的“雅人深致”

延平哥的业余生活丰富多彩，他对黑胶、烟斗、雪茄、还有威士忌有着独特的热爱。

每当闲暇时刻，他便会沉浸黑胶唱片的旋律中，那悠扬的音乐仿佛能穿越时空，将他带入另一个世界。烟斗在他手中，就像是一位忠实的伙伴，缓缓吐出淡淡的烟雾，仿佛在诉说着他的故事。而那雪茄配威士忌，更是他生活中的一抹亮色，那浓郁的香气弥漫在空气中，让人陶醉其中。

　　他有一个属于自己的雪茄烟斗客俱乐部，论资排辈起来，在业内算是小有名气。俱乐部就像一个高朋满座的会客厅，文化名流、商业精英、各行业翘楚经常聚集于此。在这里，大家畅叙友情，共话人生、交流思想，把酒言欢，仿佛整个世界都在他们的谈笑之间。

　　他还是奢侈品领域的资深专栏作家。延平哥崇尚慢生活，为人随和风趣，他的幽默就像一把钥匙，能轻松打开人们的心扉，让大家在轻松愉快的氛围中度过每一个夜晚。

一人一狗和一猫

岁月悄然流逝，延平哥也迎来了退休生活。

他选择了独居生活，身边只有一只狗和一只猫陪伴。之前的那只狗叫奥兰多，18 岁的奥兰多，2022 年无疾而终。记得那天阳光明媚，我们还为它在延平哥院子里的芒果树下，举行了简单且隆重的告别仪式，奥兰多从此在这芬芳四溢的芒果树下，永远地长眠了。

后来，延平哥从北京朋友那领回来一只同属马尔济斯犬

的克莱尔，记得还是我和我家老王陪他去宝安机场接的机。

另外那只猫叫娃娃，是在一个风雨交加的雨夜，他在露天停车场里捡到的。当时那只小猫只有一两个月大，左脚踝骨折、满身血迹斑斑，如果没有延平哥的悉心照顾，成不了今天调皮活泼的模样。

所以，后来娃娃总是在不经意间给身边的朋友带来一些小麻烦，也无法减少延平哥对它的宠爱。比如抓伤过人，这其中还包括我家老王，为此老王还打了他此生第一支狂犬疫苗。

这两个小家伙不管如何调皮，延平哥都很宠着他们，他说，它俩都是上帝派来守护他的天使。在这里不得不提一嘴，延平哥哥的外公生前是有着一百多年历史的天主教堂的牧师，曾经帮助过很多人，所以，他也一直默默地帮助他人。

他在诗意栖居

虽然如今已退休，延平哥哥并没有闲着。他依然保持着对生活的热爱，继续着他的雅韵生活。他会带着他的狗和猫去海边沙滩散步，感受日出和夕阳的美好；他会抽着斗坐在阳台上，养着各式花花草草，回忆着过去的点点滴滴；他会放着他的黑胶唱片，让那熟悉的旋律再次在耳边响起。

延平哥哥的生活虽然简单，但却充满了诗意。他就像一朵盛开在沙漠中的花，在喧嚣的世界中保持着自己的宁静与自在。他用他的随和风趣感染着身边的每一个人，让大家感受到生活的美好。

我常常在想，延平哥之所以能如此优雅地享受着退休生活，是因为他有着一颗豁达的心。他懂得放下过去，珍惜当下。他用行动告诉我们，生活不在于繁华与喧嚣，而在于内心的平静与满足。

有人说，过去车马慢，一生只够爱一人。如今，车马不慢，也有人能只过着慢生活。

有人说，从此，面朝大海，春暖花开。如今，也有人从此大海为伴，四季如春……

半生路上两盏『灯』

是被退潮的海水带走的，

一直带到茫茫的海上，

它一定朝着岸上的灯光返回。

　　　　——法国　玛格丽特·杜拉斯《乌发碧眼》

在北京的十字路口等红绿灯，抬头一看，一个心形的红绿灯，赫然在目。我立即拿出手机，狂拍一顿，如同刘姥姥进了大观园，完全顾不上路人诧异的眼光。

抬头发现爱，所有的美好不期而遇，藏在心头的一丝不愉快，顿时消失殆尽了。这世界还是这么美好，我还有什么理由抱怨呢？

苏东坡说，人生旅程起起伏伏，我就是一个行人。但我却是一个使命感很强的人，虽然我会阶段性迷茫和焦虑，但我却有制定阶段性目标的习惯，因为比较容易实现，也会让前路清晰。

我们经常会被欲望和情绪带到茫茫海上，没有岸上的灯塔就无法回航。

在我的半生里，独腿法学泰斗江平教授是我职业的灯塔，给我最初爱情信仰的琼瑶老师是我爱情的灯塔。

他们于我，并非时时忆念想起，而是迷茫时，抬眼一望的存在。

又是阴晴圆缺的一天，但依旧要好好生活，好好吃饭。

江平：那年那月最重要的人

历史仿佛总是在重演，但不是那种简单的重复。

26 年后深秋，我又回到了那个熟悉的校园，曾经备战法考的地方——中国政法大学，一切都变了，仿佛也都未曾改变。

我又像 26 年前那样，与校园正门口写着中国政法大学的牌匾来了个合影，然后从我的相册存储空间里找到了 26 年前的那张同一地点的相片，发了个朋友圈。两相比对虽已物是人非，但往事又历历在目。

梦想实现的起点

那年大学毕业，最大志向就是成为一名真正的司法工作者。当时的首要任务就是通过法考（那时还叫律师资格证考试，后改为司法考试，现在叫法律资格考试）。

那时，于我来讲，这就是天底下最大的事，为了备战法考，在北京最热的 6—8 月份，用完全封闭的方式在中国政法大学校园备考。

记得那年夏天特别酷热，经常得有 40 来度吧，每天在教室和学校寝室间来回穿梭，我还中了暑。当时同学把送我去学校医务室，那时校医并没有给我注射生理盐水，而是让我食用，那是我生平第一次喝生理盐水，那滋味感觉像喝了毒药，至今让我印象深刻，从此再也不想中暑。

此次重返校园，我还特地问校方那个校医院是否还在，回答说大部分建筑基本焕然一新了，但唯有那个校医院还是保留了原貌，我还特地过去看了一下。

一日师终身师

校园里，遇到了 2005 年由江平先生题写的"法治天下"的石碑，先生是中国法学界公认的泰斗级人物，也是中国法治精神的符号，更是众多法律学子的偶像。

永远都记得，当年为了上他的课的情景。

当时是下午 2 点的课，地点是在能容纳几百人的大礼堂，为了能抢到好位置，我吃过午饭没有午休就早早去了大礼堂，我以为自己应该是为数不多提早去的学生，结果到了才发现，已经找不到多余的位置，走廊里也已经挤不下多余的人。

当江平先生从门外穿过长长的走廊向礼堂走来的那个瞬间（因为"文革"时他永远失去了一条腿，后来他一直用假肢行走），所有的同学不约而同地为他鼓掌并行注目礼，这种场景大抵在现在学术界都是很难见到的。

先生讲的内容是《民法典》。再后来，听过很多人讲，我再没听到过能超越他当年生讲的，大概因为他亦是我国最早的《民法典》起草者之一。

2023 年 12 月 19 日，听闻江平先生离开的噩耗，我当时正好从北京返回深圳的途中，如果当时还在北京，我想应该会去送上一程吧。虽然只上过他的一堂课，但一日为师，应该终身为师吧，他是我心中永远的法治英雄，于我有特别的意义。

后来，我一直找当年江平先生为我签名的那本 1998 版《律师资格考试民法教程》，因为 2000 年后我搬去深圳定居，书留在了老家的房子里，父母亲后来搬过一次家，却一直未找到，至今还是有些许遗憾。

26 年前，我以一个法学院的学生的身份在这里学习；26 年后，我以一名律师及老牌律师事务所的第一管理人的身份重返这所我热爱的校园，也算是践行了先生提倡"法治天下"中国梦的理念。

琼瑶：梦醒时分

2024年12月4日，农历冬月初四，中国台湾知名作家琼瑶老师，以她独特的方式，在台湾新北市淡水区的家中，带着她一生的文学、浓烈的情感和对这个世界的最后告白，走完了她86年的人生旅途。

作为华语文坛的杰出代表，她所创造的故事和角色伴随着无数人的成长与回忆，当然，也包括我！我想，我最初的爱情信仰，就是琼瑶老师给的。

在这个人情有些淡漠和复杂的时代，我们或许常常忽视了内心深处最真实的那部分，但琼瑶老师短短2分钟的视频告别中那句："千言万语说不尽，祝大家活得潇潇洒洒。"却提醒着我们，还应该保持那份对生活的真挚与热爱。

她一生创作了70余部作品，《窗外》《几度夕阳红》《一帘幽梦》《烟雨濛濛》等等，我基本上都是拜读过的。

在 20 世纪 70 年代人的青春里，男生基本属于金庸先生，女生基本属于琼瑶老师，如果有例外，那也是被古龙、梁羽生、温瑞安以及三毛、岑凯伦、亦舒等人给分走了吧。

我的近视眼就是那个时候，用语文书皮或英语书皮包着琼瑶老师小说，没日没夜偷着阅读的日子里落下的。

初二时因为过于痴迷，不仅读还模仿琼瑶老师写作，立志长大当个作家或编剧，也便无心上课，以至于学习成绩从班上名列前茅滑落到二三十名之外。

班主任在我父母面前严肃地投诉了我，特别好面子的母亲一气之下回家翻箱倒柜，把我写的所谓作品撕了个粉碎，付之一炬；还有就是无情地取消了我可以偶尔在她单位的工会图书室借小说的特权；也让父亲停掉了定期从他稿费里挤出来的那么一点点，给我买课外书的福利。

从此，我的文学梦彻底被老母亲扼杀在了摇篮里。

她走的那个晚上，整晚单曲循环了那首《一帘幽梦》：

我有一帘幽梦 不知与谁能共

多少秘密在其中 欲诉无人能懂

窗外更深露重 今夜落花成冢

春来春去俱无踪 徒留一帘幽梦……

往事三更尽到心

今年的花儿已经凋落殆尽，

但那古树梢头又萌出新鲜绿意，

比以往的花儿更具活力。

看到这些，我心痛不已。

接着，

又反复回忆起与你共同度过的日月。

——日本 三岛由纪夫

1999 年，是我第一次来深圳那年，在机场买的一本当时的畅销书——《相约星期二》，至今 20 多年了。书籍纸张早已发黄，但我还是会时常拿出来翻阅，这是一本对我的人生价值观产生了深远影响的书。随着人生经历不断增多，感触也越来越多。

这本书讲一个叫莫里的老教授患病后——在生命最后的时光里，与他的学生相约星期二讲授人生课。在第三个星期二，他们谈论了死亡。

每个人都知道自己要死，可没人愿意相信。如果我们相信这一事实的话，我们就会作出不同的反应。

意识到自己会死，并时刻做好准备，你活着的时候就会更珍惜生活。

我们大多数人都生活在梦里。我们并没有真正地体验世界，我们处于一种浑浑噩噩的状态，做着自以为该做的事。

谈到如何准备死亡？

他说：

像佛教徒那样。每天在肩膀上放一只小鸟问，是今天吗？我准备好了吗？能生而无悔，死而无憾了？

菜市场里买花的男子

看到这个临终老人的肺腑之言，我也慢慢发生了改变，不再与父母对着干，与自己和解，与母亲和解。

所有中国父母都希望自己的子女成龙成凤，我的父母也不例外。所以，从小到大，总感觉父母对我特别严厉，我就一直想要长大，脱离他们的掌控和影响，以至于跟父母闹别扭，关系还闹得有点僵。在我读到这本书后，我开始学着修复与母亲的关系。

2003 年的"非典"时期，妈妈在广州做了个大手术。那年妈妈由于糖尿病后期综合症，差点双眼失明，爸爸、妹妹和我在广州中山医院照顾经历大手术的妈妈。

疫情的发生，却没有让我们感到恐慌，反而非常庆幸妈妈手术很成功，保住了双眼。

随后，我们一家四口又在广州住了两个月。当时是住在朋友的新房里，至今我们全家都很感谢他！

每天需要买各种食材，调理好妈妈术后的身体，我负责

在家照顾妈妈，爸爸负责采购。那时爸爸每天去菜场回来的
路上，都会给妈妈买枝花，或是玫瑰，或是康乃馨。因为妈
妈最喜欢花，妈妈生前每每提到这件事，眼里都充盈着幸福。

她对我说：如果她有机会写自传，一定有一章节留给爸
爸，题目就是"菜市场里买花的男子"。

妈妈准备好了，我还没有

此后，我第一次意识到父母渐渐老了，人生不能留下什
么遗憾，必须跟他们好好相处。

　　后来父母退休后，我便将他们接到深圳养老，时常跟他们吃饭聊天，也一同旅行，度过了很多美好的时光。

　　而妈妈的病情并未好起来。我家保姆说，有一次我妈从ICU出来，她在意的不是今天的血压是否正常，血糖是否过高，而是询问保姆之前她常戴的胸针去哪里了。她说在病房是需要穿病号服的，但她有个披肩，她说还要戴上胸针。

　　那个她曾经最爱的一枚胸针，也是女儿至今最爱佩戴的。

　　这可能是家族传统，妈妈小时候就被外婆教导：即使是出去扔个垃圾，都不能太邋遢，要穿戴整齐。我也继承了这种代际传承的轻微强迫症。

在妈妈被病痛折磨的时期，我也经常陪她，跟她聊过很多深沉的话题，比如死亡。妈妈是个豁达的老太太，对于死亡也看得很淡。

在谈到她死后安排时，穿什么衣服，葬在哪里，她自己都想好了，交代得清清楚楚，没一丝恐惧，就像是日常聊天，还安慰我们，不要太难过，叮嘱我们各种大大小小的事情。

2019 年 8 月 24 日下午 17:06，妈妈永远离开了这个世界。

直至今天，我或许依旧在意妈妈离开的这个事情。

来不及说再见的永别

人生过半，身边偶尔会有朋友或是亲人离开，死亡成了越来越频繁需要面对的课题。大家经常开玩笑说，不知道明天和意外哪个先来，可等到它真来的时候，我们却只能无助地哭泣。

北京的一个哥哥是顶级医院的白内障专家，才五十出头，

那天听到他去世的噩耗，我哭了一整天。明明上个月还跟他在北京吃饭聊天，突然就天人两隔。

手机里跟他的微信聊天记录，我至今还保留着。那天晚上他刚做完最后一台手术，时间比较晚了，我们就约在医院附近吃饭聊天。分别后，他还给我发信息说：妹子，今晚没招待好啊，下次再请你吃大餐。我说好啊，把附近的美食街全扫光。没想到，这次见面竟成永别。

每当我再次翻出大哥的语音留言时，总会泪流满面，我还没来得及跟他好好道别。

爱你，全是爱

六年前，一直想丁克的我终于鼓起勇气，要和先生生个我们的孩子。虽然怀孕的日子备受头晕胸闷气短呕吐等折磨，三个月几无食欲，每天从早吐到夜晚，让我苦不堪言。

但我还是很期待这种即将做母亲的幸福，因为对于一个排斥做母亲的我，能下定这样的决心，就意味着我对这个新生命要负起完全的责任。因为孕酮低，三个月一直打激素，直到今天，那时增加的体重一直未能减少。

可是人生总是事与愿违，我们最终还是没能保住这个孩子。为了纪念这个至今都难以忘记的孩子，我和先生曾为她起了一个名字：全是爱。

所以对于死亡和道别，我们可能永远笨手笨脚，只有被动无奈地接受。

记得小时候，我偷偷到河里玩水，和小伙伴们一同被卷入漩涡里，那时候我也不会游泳。但是在水里的那一瞬间，

我就记得我只挣扎了一下，后来就没挣扎了。求生的欲望只是一瞬间，我闭上双眼，把衣服弄整齐，不挣扎了，我就觉得应该把自己舒展开了，别死得那么扭曲、那么难受。

这一放松，反而救了我，让我没那么紧张，漂浮起来，后来还抓住了一个东西，等到了来救我的大人。但那天，有一个一起玩的小伙伴被水冲走了，这件事对童年的我打击非常大，第一次接触到死亡，竟然离自己这么的近。

每当想起这段往事，想起那个被大水带走生命的小伙伴，我都悲伤不已。他被大水冲到另外一个世界，不知道在那个世界里，他过得怎么样？

死亡的孤独，即使我们用无数或华丽、或假装豁达的语言、或高深的理论去掩盖，真相却就像日本作家岩井俊二的《情书》改编的电影里，女孩博子在那白雪皑皑的空旷里喊着：

你好吗？

我很好。

只能自问自答，只有空谷回音。

　　这些都是妈妈给我准备的朝鲜族小礼品，睹物思人，难以忘怀，作为纪念吧！

送别—怀念—永远

后记

    2020 年疫情伊始，我决心写点东西，只为缅怀我的母亲金女士。

    金女士一生有两个心愿：一是记录她平凡又精彩的一生；二是退休后学习弹钢琴，能弹出一首优美的旋律，享受她的退休生活。很遗憾，退休后因糖尿病综合症，她的眼睛差点失明。但是福大命大，即使没能实现这两个心愿，至少她保住了双眼。直至离开这个世界时，她能好好看这个世界。于是，比起光明，这两个心愿也就变得不再那么急切了。

    2019 年，她突然离开了她一直饱含深情的世界，留下父亲、我和妹妹，留下了让我们再难真心快乐的空白。

    第二年，新冠疫情来了。我下定决心写点东西，疫情伊始，我写了几篇，后来情况反反复复，我一直静不下心来。正当我庆幸自己在此期间飞来飞去还未被传染，终究还是没逃过被隔离的命运。

　　2022 年 4 月，我成功被隔离在北京，在最美的季节，在最爱的城市，喜提一个人在酒店的 14+7 天。于是，在这个略显奢侈的顶层套房里，写作成了我的日常。这个始料未及的机缘助力让我开启了完成妈妈心愿计划，这是纪念她的一种方式，也是安慰我的一种方式。

我尽情回忆和坚持每天写作，很完美，甚至很快乐，至少是妈妈离开我后，为数不多的快乐日子。

或许这是在天空妈妈的启示，选择2022年，人间最美四月天，疫情进入后期的时候，让我有勇气和坚定的信念记录我的人生点点滴滴，记录从金女士给予我生命开始，我尽己所能、做自己梦的半生。

结尾，我想借用法国作家罗曼·罗兰在《母与子》里的一段话描述您将看到的：

> 请不要在这里寻找什么命题或理论。
>
> 请看，这不过是一个真挚、漫长、富于悲欢苦乐的生命内心故事，这里生命并非没有矛盾，而且错误不少，它虽然达不到高不可攀的真理，却一贯致力于精神上的和谐，而这和谐就是我们至高无上的真理。

全禹羲

2022年4月于北京